邱燮友 編採

唐詩朗

東大圖書公司印行

U0085702

唐詩朗誦　目錄

CD 1

1 春江花月夜 2

2 宣州謝朓樓餞別校書叔雲 7

3 將進酒 9

4 古從軍行 9

5 琵琶行 10

6 鳥鳴磵 22

7 鹿　柴 23

8 春　曉 23

9 靜夜思 24

10 登鸛雀樓 24

11 出　塞 24

12 逢入京使 25

13 李白的三首絕句 27

14 楓橋夜泊 27

15 石頭城 29

16 泊秦淮 30

17 金谷園 31

18 朝發白帝城 32

19 送孟浩然之廣陵⋯⋯⋯⋯⋯⋯⋯⋯ 33

20 滁州西澗⋯⋯⋯⋯⋯⋯⋯⋯⋯⋯⋯ 33

21 初春小雨⋯⋯⋯⋯⋯⋯⋯⋯⋯⋯⋯ 33

22 江南逢李龜年⋯⋯⋯⋯⋯⋯⋯⋯⋯ 34

23 夜雨寄北⋯⋯⋯⋯⋯⋯⋯⋯⋯⋯⋯ 35

24 隴西行⋯⋯⋯⋯⋯⋯⋯⋯⋯⋯⋯⋯ 36

25 清 明⋯⋯⋯⋯⋯⋯⋯⋯⋯⋯⋯⋯ 36

CD 2

1 送友人⋯⋯⋯⋯⋯⋯⋯⋯⋯⋯⋯⋯ 37

2 過故人莊⋯⋯⋯⋯⋯⋯⋯⋯⋯⋯⋯ 37

3 月 夜⋯⋯⋯⋯⋯⋯⋯⋯⋯⋯⋯⋯ 37

4 春 望⋯⋯⋯⋯⋯⋯⋯⋯⋯⋯⋯⋯ 38

5 旅夜書懷⋯⋯⋯⋯⋯⋯⋯⋯⋯⋯⋯ 39

6 賦得古原草送別⋯⋯⋯⋯⋯⋯⋯⋯ 39

7 淮上喜會梁川故人⋯⋯⋯⋯⋯⋯⋯ 39

8 古意呈補闕喬之⋯⋯⋯⋯⋯⋯⋯⋯ 40

9 黃鶴樓⋯⋯⋯⋯⋯⋯⋯⋯⋯⋯⋯⋯ 41

10 登金陵鳳凰臺⋯⋯⋯⋯⋯⋯⋯⋯⋯ 41

11 九日登望仙臺呈劉明府容⋯⋯⋯⋯ 41

12 積雨輞川莊作⋯⋯⋯⋯⋯⋯⋯⋯⋯ 42

13 送魏萬之京⋯⋯⋯⋯⋯⋯⋯⋯⋯⋯ 42

14 聞官軍收河南河北⋯⋯⋯⋯⋯⋯⋯ 43

15 蜀 相⋯⋯⋯⋯⋯⋯⋯⋯⋯⋯⋯⋯ 43

16 詠懷古跡五首⋯⋯⋯⋯⋯⋯⋯⋯⋯ 45

17 秋興八首⋯⋯⋯⋯⋯⋯⋯⋯⋯⋯⋯ 49

18 長沙過賈誼宅 …………………………………… 51

19 錦　瑟 ………………………………………… 53

20 隋　宮 ………………………………………… 54

21 無　題 ………………………………………… 54

22 長干行 ………………………………………… 56

23 遊子吟 ………………………………………… 57

24 渭城曲 ………………………………………… 58

25 涼州詞 ………………………………………… 59

26 清平調 ………………………………………… 60

[1]

唐 詩 朗 誦

邱燮友教授	編採
國立臺灣師範大學國文系	監製
國立臺灣師範大學視聽教育館	製作
東大圖書公司	發行

——江山代有賢人出，一闋歌詩萬古傳。——

江山代有賢人出，一闋歌詩萬古傳。

詩是心靈的獨白，情感的昇華，完美性靈的記錄，那怕是一時感興而發的，也能推開永恆之門，使人流連哀思，傳誦不已。

唐代文學，發展到全面繁榮的新階段，無論唐詩，古文，或是傳奇小說，敦煌變文，敦煌曲子詞等，都是成就輝煌而照耀千古的作品。探討唐朝文學興盛的原因，與當時的政治、經濟、社會、敎化、風俗、藝術有關；加以外來文化的衝激，胡漢民族的融和，滙成了唐代文學壯麗的波瀾。尤其唐詩一項，更是傲視寰宇，表現了唐人的智慧和東方民族的異彩。

詩以情意爲主，詩人借一己之情，化爲情緒，然後與外界的景象結合，造成情景交融的現象，表現詩界完美的意境。詩歌的朗誦，由平面的顯示，到立體的展現；由空間的紀錄，到時空的會合，讀詩的

— 1 —

人，透過音韻，節奏的美，更能體會到詩人所表達的情意，而進入光華無比的殿宇，收到共鳴的效果。

古人云：「熟讀唐詩三百首，不會吟詩也會吟。」只要您開口吟哦，唐詩情韻之美，便與您同在。今依唐詩的類別，分「古體詩」，「近體詩」、「樂府詩」三部分，讓我們在一起欣賞，同聲朗誦。

第一部分：古體詩朗誦說明

目　次

1. 春江花月夜（七古）　　　張若虛　葉清芸、劉月明、許昭惠
   　　　　　　　　　　　　　　　　　同學吟唱

2. 宣州謝朓樓餞別校書叔雲　李　白　王更生教授吟唱
   （七古）

3. 將進酒（七古）　　　　　　李　白　李曰剛教授朗誦

4. 古從軍行（七古）　　　　　李　頎　潘重規教授朗誦

5. 琵琶行（七古）　　　　　　白居易　葉清芸、蕭仰寰、車麗華
   　　　　　　　　　　　　　　　　　、劉月明等同學吟唱。

春江花月夜

張若虛的作品。張若虛，揚州人。開元初，與賀知章、張旭齊名。作品中，用優美的、和諧的辭語，表現出纏綿哀怨的情趣，自由浪漫的情調，與初唐綺靡的詩風異趣。春江花月夜一曲，本為天籟詩社傳唱的古調，有濃厚的「南音」成分。今予以重新處理，可供教學之用。由陳勝田教授、王素卿同學伴奏，葉清芸、劉月明、許昭惠等同學吟唱。

— 2 —

春江花月夜

唐　張若虛作品

啊————

（獨誦）春江潮　水連海平，海上明月　共潮生。

灩灩隨波　千萬里，何　處春江　無月明。

|6 5 6 i͡ |i͡ - 0 0 |3 2 3 5 |5 - 6 - |
|0 0 0 0 |3 2̲ 1̲ 7͡ |7 - 0 0 |7 - 6 - |

女齊唱

|6 i̲ 6 6̲5̲ |3 6 3̲·5̲5̲ |6̲·i̲ 6̲i̲ 2 5 |3 2̲6̲ 1 - |
春 江 潮 水 連 海 平，海 上 明 月 共 潮 生。

|5̲·6̲ 5̲6̲ i |6̲·5̲ 3 6̲5̲5̲ |6̲·i̲ 6̲i̲ 1̲2̲ 3̲5̲ |3 2̲6̲ 1 - |
灩 灩 隨 波 千 萬 里，何 處 春 江 無 月 明。

女獨唱配合齊唱

|i̲ 6̲i̲ i̲ i̲6̲ |6̲5̲ 3 3̲ 5 - |i̲·5̲ 6̲6̲ i̲ |6̲5̲ 5̲6̲5̲3̲ 2 - |
江 流 宛 轉 繞 芳 甸，月 照 花 林 皆 似 霰

|5̲·i̲6̲ 5̲6̲2̲ |2̲-2̲ 2̲ 2̲7̲6̲ |5 - 0 0 |3̲·5̲ 6 2̇ |
空 裏 流 霜 不 覺 飛， 汀 上 白 沙

|7̲ 6̲5̲ 5 - |6̲ i̲7̲ 6 |5̲ 6̲ 6̲i̲ - |i̲ i̲6̲ 5̲ 2̇ |
看 不 見。江 天 一 色 無 纖 塵， 皎 皎 空 中

— 4 —

(女獨唱配合齊唱)

|2-76 56|6i-00|5·356|5 5 3 2·321|
孤 月 輪。 (唱)江 畔 何 人 初 見 月
(誦)江畔何人初見月————，江月

|6·5 6123 5|326 1-|5 i 56|56 6 5 5|
江 月 何 年 初 照 人。 人生 代代無窮 已，
何年初照人——人生— 代代無窮已—，江月年

|6 i 6 6 i|6 5 3 2-|5 53 3 65 3|2·3 216 561|
江 月 年年 望 相似。不知江月待何人，但 見
年望相似——。不知— 江月待何人—但見長江送流

|2 5 3 326|1-56 i|i 65 3235|56-6 i|
長江送流 水。(以下齊唱) 白 雲 一片去 悠 悠，青楓
水。 白 雲 一 片 去 悠 悠，青楓

|6 5 3 26|1-5·6|5 5 3 6|6 5 3 6·1 6 1|
浦上不勝 愁。誰家今夜扁舟 子， 何 處

|2 3 5 3 326|1-5 3 5|5·3 2 3|5 3 23 5-|
相思 明月 樓。可憐 樓上月徘 徊，

— 5 —

應照 離人 妝鏡臺。玉戶簾中捲不

去，擣衣 砧上拂還來。此時

相望 不相聞，願逐 月華

流 照君。 鴻雁長飛光不 度，魚龍

潛越水 成 紋。昨夜 閒潭 夢落 花，
（誦）昨 夜 閒潭 夢落花—，可憐一

可憐 春半不 還家。 江水
春半 不遠 家 一。（以下齊唱）

— 6 —

流　春　去　欲　盡，江　潭　落　月　復　西　斜。斜月

沈　沈　藏　海　霧，碣　石　瀟　湘　無　限　路。不知

乘月　幾　人　歸，落　月　搖　情　滿　江　樹。

[2]

宣州謝脁樓餞別校書叔雲（七古）

李白（西元七○一──七六二）的作品。宣州，卽今安徽省宣城縣，以出產「宣紙」聞名於世。齊謝脁任宣州太守時，郡治後有一高齋，名曰北樓，後人因稱謝公樓。李白在此樓爲叔雲餞別，因賦此詩。今由王更生敎授朗誦，爽朗的聲調，帶有「河南梆子」的韻味。

宣州謝朓樓餞別校書叔雲

中板
李白詩

棄我去者，　　昨日之日不可留，

亂我心者，　　今日之日多煩憂。

長風萬里送秋雁，對此可以酣高樓。

蓬萊文章建安骨，中間小謝又清發。

俱懷逸興壯思飛，欲上青天攬明月。

抽刀斷水水更流，舉杯銷愁愁更愁。

人生在世不稱意，明朝散髮弄扁舟。

[3]

將 進 酒（七古）

　　李白的作品。李曰剛敎授朗誦。這是一首描寫喝酒放歌的詩，博大瑰麗，蒼蒼莽莽，像黃河的流水，直奔而來。文人嗜酒，是想借酒銷愁，而文學是苦悶的象徵，於是酒與文學，便結不解之緣。李曰剛敎授，江蘇鹽城人，他用的便是「江蘇調」。

　　君不見，黃河之水天上來，奔流到海不復回？君不見，高堂明鏡悲白髮，朝如青絲暮成（一作如）雪？人生得意須盡歡，莫使金樽空對月。天生我材必有用，千金散盡還復來。烹羊宰牛且爲樂，會須一飲三百杯。岑夫子，丹丘生，將進酒，君莫停。與君歌一曲，請君爲我側耳聽，鐘鼓饌玉不足貴，但願長醉不願醒。古來聖賢皆寂寞，惟有飲者留其名。陳王昔時宴平樂，斗酒十千恣讙謔。主人何爲言少錢？徑須沽取對君酌。五花馬，千金裘，呼兒將出換美酒，與爾同銷萬古愁。

[4]

古從軍行（七古）

　　李頎的作品。這是一首邊塞詩，描寫塞外的苦寒，想見漢公主遠嫁的哀怨，然國家的邊防不可無，因而激發青年報國的熱忱，奮勇而

不怕犧牲。今由潘重規教授吟唱。潘重規教授，安徽婺源人，為當代國學大師之一，講學於海內外各大學，為士林所重。他所吟唱的，便是「安徽調」。

白日登山望烽火，黃昏飲馬傍交河。行人刁斗風沙暗，公主琵琶幽怨多。野雲萬里無城郭，雨雪紛紛連大漠。胡雁哀鳴夜夜飛，胡兒眼淚雙雙落。聞道玉門猶被遮，應將性命逐輕車。年年戰骨埋荒外，空見葡萄入漢家。

[5]
琵 琶 行

這是白居易（西元七七二——八四六）四十五歲的作品，即元和十一年（西元八一六）秋天，那時作者貶謫到九江來，已有一年多了，由於滿懷牢騷，就借琵琶女色衰見棄的遭遇，借題發揮，傾吐出自己懷才不遇的苦悶，而作琵琶行。

今採用天籟詩社流傳的古調，由陳勝田教授記譜，莊神榮、王素卿同學伴奏，葉清芸、蕭仰寶、車麗華、劉月明等同學吟唱。

琵琶行

白居易詩
（天籟調）

| 5 3 5 3 5 3 5 3 5 | 2 5 3 2 5 3 3 0 2 2 | 1 2 3 5 3 2 1 6 2 1 | 1 0 |

間　關　鶯語　花底滑，　幽咽流泉　水下灘。

| i i 5 6 i 6 5 i 6 | 5 6 i 3 5 5 3 | i i 6 i 6 5 3 | 5 - 5 6 5 5 6 |

水　泉　冷澀絃　凝絕，凝絕不通聲漸　歇　別有幽愁

| 3 5 6 5 5 3 3 | 2 3 2 1 6 3 0 3 2 3 | 2 6 1 6 0 | 5 6 i 6 i 6 i 5 5 |

暗恨　生，此時　無聲勝有聲。　銀瓶　乍破

| 5 i 6 i 6 5 5 | i 6 5 i 6 5 6 | i 3 5 3 0 | 3 5 3 5 3 3 3 2 |

水　漿迸，　鐵騎突出　刀鎗鳴。　曲終　收撥

| 3 2 3 5 ⁵3 3 3 1 2 3 2 1 | 3 3 2 3 2 6 ²1 | ⁵6 5 6 i 6 6 5 6 i 6 | i 6 i 6 6 3 ³3 5 - |

當　心畫，四絃　一聲如裂帛。東船　西舫　悄無言，

| 3 · 5 6 2 | 7 6 5 6 5 · | 2 3 5 5 3 3 2 3 2 | 5 · 3 3 3 1 2 |

唯見江心　秋月白。　沈吟　收撥插絃　中，整　頓衣

— 13 —

|2 3 5 3 2 6̣|6̣ 1̇ 1 0 0|5 6̣ 1̇ 6̣ 1̇ 6̣ 5̣ 1̇ 6̣ 1̇|5 6 5 6̣ 1̇ 6̣ 5 1̇|

裳起斂容。　　自言　　本　是京城女，家

|5 6 6 5 6̣ 1̇ 6̣ 5 6 3|5·3 5 5 3 5|2 3 3̣ 5 3̣ 5 3̣ 5 3|2 3 1 3̣ 2 3 1 3|

在蝦蟆　陵下住，十三　學得琵琶成，　名屬敎坊第一

|2̣ 1̇ 1 0 0|6 6 1̇ 6̣ 5 1̇ 6̣|5 6 6 5 5 1̇ 1̇|5 6 1̇ 6̣ 5̄ 1̇ 6̄ 5 6|

部。　　曲罷　曾敎善才服，妝成每　　被秋

|6̣ 1̇ 5·3 5 3 5|5·3 3̣ 5 3 2 3 2 3|5 3 0 2 1̇ 2|5 5̄3 2 6̣ 1̇|

娘妬。五陵　年　少爭纏頭，　一曲紅綃不知　數。

|5 6̣ 1̇ 6̣ 1̇ 5|5̣ 1̇ 1̄ 6̣ 6̣ 5 5|1̇ 6̣ 5 6 5 6̣ 1̇ 6̣|5 6 3 5 3 0|

鈿頭　銀篦擊節碎，血色　羅裙翻酒汙。

|3 5 3 3̣ 2 3|3̣ 5 3̣ 2 5|3 5 2̣ 1̇ 6̣|1 - 1̇ 6̣ 0|

今年　歡笑復　明年，秋月　春風等　閒　度。

- 14 -

弟 走 從軍 阿姨 死， 暮去朝來 顏色 故。

門前 冷落車馬 稀老大 嫁作商人婦。商人 重利

輕別離，前月浮梁 買茶 去。 去來 江口 守空船，

繞船 月明江水 寒。 夜深 忽 夢少年事，夢啼

妝淚 紅欄干。 我聞 琵琶 已歎息，

又聞 此 語 重喞喞。 同是天涯 淪落人，相

| 2 3 2 1 | 6̣ 5̣ 3̣ | 1 2 3 | 2 6̣ | 1·6̣ 0 | 1̇ 6̣ 5̇ 6̇ | 1̇ 6̇ 1̇ 6̇ 6̇ 5̇ | 6̇ 5̇ 6̇ 6̇ 3̇ | 5·3̇ |

逢　　　　何必曾相識。我從去年辭帝京，

| 2　5̇ 2 3 2 | 1 2 6̣ | 1·6̣ 6̣ | 5̇ 6̇ 1̇ 6̇ 1̇ 6̇ 6̇ 6̇ 5̇ 6̇ | 1̇·6̇ 6̇ 5̇ 5̇ 5̇ |

謫居臥病潯陽城。潯陽　　　地僻無音樂，終

| 1̇ 5̇ 5̇ 6̇ 3̇ | 5·3̇ 2̇ 5̇ 3̇ | 3̇ 2̇ 3̇ 3̇ 5̇ | 5̇ 3̇ 2̇ | 6̇ 5̇ 3̇ 2̇ 1̇ |

歲不聞　絲竹聲。住近湓江地低濕，　黃蘆苦竹

| 3̇ 2̣ 6̣ 1̣ 1̣ 6̣ 0 | 6̣ 5̣ 5̣ 3̣ 5̣ 3̣ 5̣ 5̣ 3̣ 3̣ 2̣ | 3̣ 5̣ 3̣ 2̣ 5̣ 3̣ 0 6̣ | 5̣ 3̣ 2̣ 1̣ 1̣ 2̣ |

繞宅生。　其間　旦暮聞何物，杜鵑啼血猿

| 6̣ 1̣·6̣ 0 | 5̣ 6̣ 1̣ 6̣ 6̣ 5̣ | 1̣ 6̣ 5̣ 5̣·0 6̣ | 1̣ 6̣ 5̣ 6̣ 1̣ 1̣ 6̣·5̣ |

哀鳴。　春江　花朝　秋月夜，往往　取酒還

| ²⁄₄ 3 5̇ 3 | ⁴⁄₄ 1̣ 6̣ 5̣ 6̣ 1̣ 6̣ 1̣ 6̣ 1̣ | 1̣ 6̣ 5̣ 5̣ 6̣ 5̣ 0 | 1̣ 6̣ 5̣ 1̣ 6̣ 5̣ 5̣ 6̣ 3̣ |

獨傾。　豈無山歌　與村笛？嘔啞嘲哳難爲

| 5·3 3 32 | 5 3535 5 3532 51 | 0 6·12 | 53 66 61 |

聽。今夜聞君　　琵琶語，如聽仙樂耳暫　明。

| 1 66 3535 5 3 | 32 355 5 30 65 3 2·1 | 23 26 61 6 |

莫辭更坐彈一曲，爲君翻作　琵琶行。

| 1 1 65 1 61 65 | 3 1 63 55 1 | 6 51 61 6 561 | 65 3 3 5353 35 |

感我此言　良久立，卻坐促絃　絃轉急。淒淒

| 3 2 5 32 53 | 3 21 23 21 23 | 2 1 1 6 5 |

不似向前聲，滿座重聞皆掩泣。座中

rit

| 3535 3 3 23 53 | 50 35 | 2 31 2 5 | 3 26 2 1 - |

泣下誰最多，江州司馬青衫　　濕。

第二部分: 近體詩朗誦說明

　　近體詩包括「絕句」、「律詩」兩種,這是詩歌中,最精巧,最華采的作品。詩歌是濃縮的語言,眞摰的心聲,唐人的絕律,可夠得上這條件,他們以最少的字數,傳達最精美的情韻;同時,詩歌又是彎曲的語言,用象徵,暗示的手法,以求絃外之音,做到言有盡而意無窮的詩趣和化境。

　　唐詩圓熟可愛,例如寫鄉情,有「露從今夜白,月是故鄉明」;寫友情,有「浮雲遊子意,落日故人情」;寫戀情,有「曾經滄海難爲水,除却巫山不是雲」;寫別情,有「多情只有春庭月,猶爲離人照落花」。這些精巧的小詩,就如杜甫所說的像「翡翠蘭苕」一樣,玲瓏清麗,我想您也能詠上幾首吧。

目　次

① 絕句：

1. 鳥鳴磵（五絕）　　　王　維　師大國文系朗誦隊吟唱
2. 鹿柴（五絕）　　　　王　維　師大國文系朗誦隊吟唱
3. 春曉（五絕）　　　　孟浩然　齊鐵恨教授朗誦
4. 靜夜思（五絕）　　　李　白　邱燮友教授朗誦
5. 登鸛雀樓（五絕）　　王之渙　邱燮友教授朗誦
6. 出塞（七絕）　　　　王昌齡　師大國文系朗誦隊吟唱
7. 逢入京使（七絕）　　岑　參　師大南廬吟社朗誦隊吟唱
　　逢入京使（江西調）　岑　參　邱燮友教授吟唱
　　逢入京使（天籟調）　岑　參　邱燮友教授吟唱
8. 李白的三首絕句　　　　　　　戴君仁教授朗誦
　　贈汪倫（七絕）
　　聞王昌齡左遷龍標遙有此寄（七絕）
　　送孟浩然之廣陵（七絕）
9. 楓橋夜泊（七絕）　　張　繼　齊鐵恨教授朗誦
　　楓橋夜泊　　　　　張　繼　蘇明璇先生朗誦
　　楓橋夜泊　　　　　張　繼　廖玉華小姐吟唱
　　楓橋夜泊　　　　　張　繼　王更生教授吟唱
10. 石頭城（七絕）　　　劉禹錫　戴培之教授朗誦
11. 泊秦淮（七絕）　　　杜　牧　師大南廬吟社朗誦隊吟唱
12. 金谷園（七絕）　　　杜　牧　師大南廬吟社朗誦隊吟唱

13. 朝發白帝城（七絕）　　李　白　李春榮先生朗誦
14. 送孟浩然之廣陵（七絕）李　白　陳瑞鳳先生朗誦
15. 滁州西澗（七絕）　　　韋應物　陳瑞鳳先生朗誦
16. 初春小雨（七絕）　　　韓　愈　黃坤楨先生吟唱
17. 江南逢李龜年（七絕）　杜　甫　莫月娥女士朗誦
18. 夜雨寄北（七絕）　　　李商隱　莫月娥女士朗誦
19. 隴西行（七絕）　　　　陳　陶　朱益勤先生朗誦
20. 清明（七絕）　　　　　杜　牧　朱益勤先生朗誦

② 律詩：

1. 送友人（五律）　　　　李　白　劉太希教授朗誦
2. 過故人莊（五律）　　　孟浩然　師大南廬吟社朗誦隊吟唱
3. 月夜（五律）　　　　　杜　甫　黃坤楨先生朗誦
4. 春望（五律）　　　　　杜　甫　黃坤楨先生朗誦
   春望　　　　　　　　　杜　甫　章微穎教授朗誦
5. 旅夜書懷（五律）　　　杜　甫　齊鐵恨教授朗誦
6. 賦得古原草送別（五律）白居易　齊鐵恨教授朗誦
7. 淮上喜會梁川故人（五律）

　　　　　　　　　　　　韋應物　劉太希教授朗誦
8. 古意呈補闕喬之（七律）沈佺期　潘重規教授朗誦
9. 黃鶴樓（七律）　　　　崔　顥　謝清淵先生朗誦
10. 登金陵鳳凰臺（七律）　李　白　賴仁壽先生朗誦
　　登金陵鳳凰臺　　　　李　白　齊鐵恨教授朗誦
11. 九日登望仙臺呈劉明府容（七律）

　　　　　　　　　　　　崔　曙　黃坤楨先生朗誦

12. 積雨輞川莊作（七律）　王　維　黃坤楨先生朗誦

13. 送魏萬之京（七律）　李　頎　陳瑞鳳先生朗誦

14. 聞官軍收河南河北（七律）

　　　　　　　　　　　　杜　甫　陳泮藻教授朗誦

　　聞官軍收河南河北

　　　　　　　　　　　　杜　甫　邱燮友教授朗誦

15. 蜀相（七律）　　杜　甫　潘重規教授朗誦

　　蜀相（七律）　　杜　甫　程發軔教授朗誦

　　蜀相（七律）　　杜　甫　林義德先生吟唱

16. 詠懷古跡五首（七律）　杜　甫

　　　庾信故居　　　　　　姚翠慧同學吟唱

　　　宋玉宅　　　　　　　姚翠慧同學吟唱

　　　明妃村　　　　　　　莫月娥女士吟唱

　　　永安宮　　　　　　　林　尹教授朗誦

　　　先主廟和武侯祠　　　林　尹教授朗誦

17. 秋興八首（七律）　杜　甫

　　　其一、其二　　　　　姚翠慧同學吟唱

　　　其三、其四　　　　　黃坤楨先生朗誦

　　　其五、其六　　　　　莫月娥女士吟唱

　　　其七、其八　　　　　戴君仁教授朗誦

18. 長沙過賈誼宅（七律）　劉長卿　戴培之教授朗誦

　　長沙過賈誼宅　　　　劉長卿　林義德先生吟唱

19. 錦瑟（七律）　　李商隱　陳泮藻教授朗誦

20. 隋宮（七律）　　李商隱　黃坤楨先生朗誦

21. 無題（七律）　　　　李商隱

　　　昨夜星辰昨夜風　　　　邱燮友教授朗誦
　　　昨夜星辰昨夜風　　　　汪　中教授朗誦
　　　來是空言去絕跡　　　　汪　中教授朗誦
　　　颯颯東風細雨來　　　　汪　中教授朗誦

① 絕　句

鳥　鳴　磵（五絕）

　　王維的作品。這是一首塑景很美的小詩，帶有濃濃的繪畫性。是
王維（西元六九九——七五九）晚年隱居在輞川莊時所寫的。今由師
大國文系朗誦隊吟唱。

鹿　　柴（五絕）

　　王維的作品。這是一首描寫鹿柴幽靜景象的詩。鹿柴在輞川莊附近，詩中用動態烘托靜景，借日光襯托寧靜的幽境，真可稱得上「妙語出天香」了。今由師大國文系朗誦隊用「宜蘭酒令」吟唱。

鹿　　柴

G調2/4　　　　　　　　　　　　　　　　　　王維詩
　　　　　　　　　　　　　　　　　　　　　（宜蘭酒令）

| 1 1 1 5 | 5 — | 6 5 5 3 | 2 — |
空 山 不 見 人 ，　但 聞 人 語 響 。

5 2 3 5 0 | 2 3 2 1 | 6 1 2 1 6 | 5 — ‖
返　景　入 深 林 ，復 照 青 苔　上 。

春　　曉（五絕）

　　孟浩然的作品。春來花開，春去花落，夜來風雨，花落多少，也使詩人感懷不已，帶來詩趣。今由齊鐵恨教授朗誦。

　　春眠不覺曉，處處聞啼鳥；

　　夜來風雨聲，花落知多少。

[9]

靜 夜 思 (五絕)

　　李白的作品。這是一首客旅思鄉的詩，白描直述，却蘊含著無限的情意，爲千古絕唱的好詩。午夜夢回，月色如霜，儘管月光美好，但故鄉難忘。由邱燮友教授朗誦。

　　　　牀前明月光，疑是地上霜；
　　　　舉頭望明月，低頭思故鄉。

[10]

登鸛雀樓 (五絕)

　　王之渙的作品。王之渙（西元八九五——？），盛唐邊塞詩人。他的詩，大半亡佚，全唐詩中只著錄了六首，但首首堪傳。今由邱燮友教授朗誦。

　　　　白日依山盡，黃河入海流；
　　　　欲窮千里目，更上一層樓。

　　詩歌朗誦，重在情韻，聲音好壞，尙在其次，只要開口吟哦，唐詩之美，便與您同在，通常朗誦一首詩，必須依內容而選調，例如「天籟調」宛轉而流麗，可吟唱輕快、健朗的詩；「江西調」蒼茫而哀思，可吟唱幽怨、纏綿的詩，下面便是用「天籟調」和「江西調」所詠唱的七言絕句。

[11]

出　　塞 (七絕)

　　王昌齡的作品。明李于鱗和王世貞評唐人絕句，都把此篇作爲唐

人絕句的壓卷好詩。而王昌齡（西元六九八——七六五）善寫邊塞詩，此詩尤為著稱。今由師大國文系朗誦隊用「天籟調」吟唱。

出　塞　　　　　　　　　　王昌齡詩（天籟調）

C調4/4

| 6 i̇ 6 | 3 5 3 6 6 0 | 3̇·2 | 3 5 6 5 3 0 | 2·5 3̇3̇ 2 3 5 6 | 2 1 6̇ 1·6 |
秦　時　明月　漢時關，　萬里長征　人未還；

| 3·2 3 5353 | 1·6 1 | 6 | 6 353 6·1 | 2 1 6̇ 1 6 ‖
但使龍城　飛將在，　不教　胡馬　渡陰山。

[12]　　　　　逢入京使（七絕）

　　岑參的作品。岑參（西元七一五——七七〇）是盛唐時期的邊塞詩人，他跟從封常清將軍到西域去；他的詩，把新疆大沙漠的氣象和青年保國的熱情融和，寫下俊逸悲壯的邊塞詩。今由師大南廬吟社朗誦隊用「天籟調」吟唱。

　　　故園東望路漫漫，雙袖龍鍾淚不乾；
　　　馬上相逢無紙筆，憑君傳語報平安。

　　邱燮友教授用「江西調」和「天籟調」吟唱這首詩，可供比較，以欣賞各種曲調不同的華采。首先用「江西調」吟唱的逢入京使：

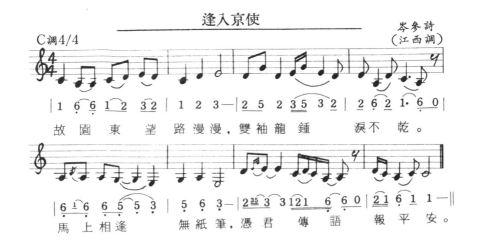

逢入京使

岑參詩
（江西調）

C調 4/4

| 1 6̣ 6̣ 1 2 | 3̣ 2 | 1 2 3 — 2 5 | 2 3 5 3 2 | 2 6̣ 2 1· 6̣ 0 |
| 故 園 東 望 | 路 漫 漫， | 雙 袖 龍 鍾 | 淚 不 乾。|

| 6̣ 1̇ 6̣ 6̣ 5̣ 5̣ 3̣ | 5̣ 6̣ 3̣ — 2̣ 3̣ 3̣ 3̣ 1̣2̣1̣ 6̣ 6̣ 0 | 2̣1̣ 6̣ 1̣ 1 — ‖ |
| 馬 上 相 逢 | 無 紙 筆，憑 君 傳 語 | 報 平 安。|

其次，用「天籟調」吟唱的逢入京使：

逢入京使

岑參詩
（天籟調）

C調 4/4

| 6̣ 1̇ 6̣ 3 5 3 6̣ 6̣ 0 | 3·2 3 5 6 5̣3̣0 | 2·5̇ 3̣3̣ 2 3 5 6 | 2̣1̣ 6̣ 6̣ 1·6̣ |
| 故 園 東望 路 漫 漫， | 雙 袖 龍 鍾 | 淚 不 乾。|

| 3·2 3 5 5̣3̣5̣3̣ | 1·6̣ 1 6̣ | 6̣ 3 5 3 6̣·1 | 2̣1̣ 6̣ 1̇ 1̇ 6̣ ‖ |
| 馬 上 相 逢 | 無 紙 筆， | 憑 君 傳 語 | 報 平 安。|

— 26 —

李白的三首絕句

詩仙李白（西元七〇一——七六二），才華橫溢。他的母親夢見長庚入懷而生他，所以字太白，你相信嗎？賀知章稱他是「天上的謫仙」，所以我們稱他為「詩仙」。他的詩隨興而發，有如彩霞橫天，文彩豔發。

戴君仁教授朗誦了他的三首絕句，名家詠名詩，真是相得益彰。

贈汪倫
李白乘舟將欲行，忽聞岸上踏歌聲；
桃花潭水深千尺，不及汪倫送我情。

聞王昌齡左遷龍標遙有此寄
楊花落盡子規啼，聞道龍標過五溪；
我寄愁心與明月，隨風直到夜郎西。

送孟浩然之廣陵
故人西辭黃鶴樓，煙花三月下揚州；
孤帆遠影碧空盡，惟見長江天際流。

楓橋夜泊 （七絕）

張繼的作品。提起這首詩，真是膾炙人口極了，這是一首享譽中外的唐詩，在日本把這首詩配合劍舞，一邊吟唱，一邊舞劍，可知日本人受中華文化影響之深。

今人朗誦「楓橋夜泊」，各地都有不同的調子，請您欣賞、比較。

首先，由齊鐵恨教授朗誦的楓橋夜泊：

月落烏啼霜滿天，江楓漁火對愁眠；
姑蘇城外寒山寺，夜半鐘聲到客船。

其次由蘇明璇先生朗誦的「楓橋夜泊」，蘇先生，廣西人，早年從唐文治讀書，頗得其心傳。

月落烏啼霜滿天，江楓漁火對愁眠；
姑蘇城外寒山寺，夜半鐘聲到客船。

其次是「常州調」的「楓橋夜泊」，由廖玉華小姐吟唱，陳淑惠小姐、顧豐毓先生伴奏。

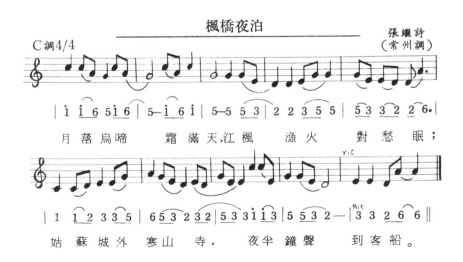

其次，由王更生教授吟唱的「楓橋夜泊」：

— 28 —

楓橋夜泊

C調4/4　　　　　　　　　　　　　　　　　　　張繼詩

```
6 6 6 1 1 6 | 3 5 6 0 | 1 6 5 3 5 6 1 | 6 5 3 5 3 2 0 |
月落烏啼　霜滿天，　江楓漁火　對　愁　眠；

2 2 3 5 5 3 | 3 5 3 2 1 0 | 6 6 1 2 3 | 2 1 6 5 1 — ‖
姑蘇城外　寒山寺，夜半鐘聲　到　客　船。
```

[15]

石 頭 城 （七絕）

劉禹錫的作品。劉禹錫（西元七七二——八四二）是中唐詩人，他的詩雄渾爽朗，保有民歌的活潑性，有「詩豪」之稱。

白居易稱他的「石頭城」，空靈超脫，與「烏衣巷」同為「金陵五題」中的雙絕。

今由戴培之教授朗誦。

　　　山圍故國周遭在，潮打空城寂寞回；
　　　淮水東邊舊時月，夜深還過女牆來。

[16]

泊　秦　淮 (七絕)

杜牧的作品。杜牧（西元八〇三——八五二），晚唐詩人，他有感於唐朝的晚期，國勢日衰，詠下「泊秦淮」這首詩，有居安思危的警惕，借陳後主的亡國故事而有所託諷。今由師大南廬吟社朗誦隊吟唱，採用現代語言與古詩吟唱的雙重方式，從這裏可以比較今古朗誦的不同。

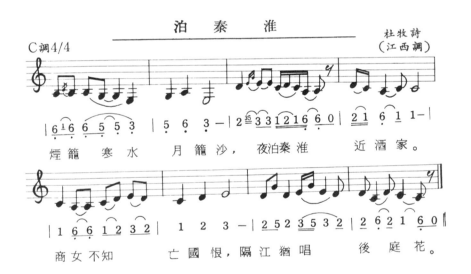

[17]

金 谷 園 (七絕)

　　杜牧的作品。依然用「江西調」來吟唱，這個調子，適合吟唱平起格的七言絕句，蒼涼的音色，充滿了優美的情調。由師大南廬吟社朗誦隊吟唱。

　　　繁華事散逐香塵，流水無情草自春；
　　　日暮東風怨啼鳥，落花猶似墜樓人。

　　石崇的驕奢，給綠珠帶來墜樓的下場，這是個淒美的故事，杜牧的詠史詩，畢竟帶有幾分警惕和感傷。

[18]

　　唐人絕句，本來是可以吟唱的，薛用弱的「集異記」記載王昌齡、高適、王之渙在旗亭會唱的故事，便可以證明。

　　從「教坊曲」、「敦煌曲子詞」中，去想像唐人在宮庭中唱「何滿子」、「霓裳羽衣曲」，在市井街陌唱「楊柳枝」、「竹枝詞」，在山上的唱樵歌，在水上的唱舟歌，真是「行人南北盡歌謠」（敦煌曲子詞望遠行）、「人來人去唱歌行」（劉禹錫竹枝詞），充滿了歌聲的年代。文人的詩，便受民間歌謠的鼓蕩和感染，造成唐詩的極盛。

　　今人對傳統詩的朗誦，漸趨沈寂，或僅止於國語誦讀，而國音中無入聲，使詩中音調的美感頓失。

　　中原之士，流寓海陬，固然也有擊鉢詠唱的雅會；臺灣民間詩社，也時有煮粥聯詠的盛舉。在廟宇中聯吟，用鐘鼓來催詩；在亭臺樓樹賦詩，燃香計時交稿。悠悠鐘鼓，羣賢畢至，少長咸集，聚集一堂，吟哦賦詩，開拓心靈世界的另一個宇宙。

　　下面便是一些詩社詠詩的實錄。

朝發白帝城（七絕）

李白的作品。灘音吟社李春榮先生以目前一般詩社常用的「天籟調」朗誦。

朝發白帝城

C調4/4　　　　　　　　　　　　　　　李白詩（天籟調）

```
| 6 6 - - | 3 3 6 3· | 3 5 6 - - | 2·3 3 5 | 5 - 2̱1 6̣ | 1 - 0 0 |
  朝辭      白帝彩雲      間，  千里 江陵    一日    還；

| 3·2 3 5 | 3 - 2·3 | 2̱1 6̣ - - | 2 3 2 - | 2·6̣ 5̣ 6̣ | 1 - - 0 |
  兩岸猿聲    啼不 住，    輕舟    已過 萬重 山。
```

絕律的朗誦，也有一定的規則，如平起格的首句開端，二字連讀，次句四句連讀，遇平聲要引聲拉長，遇及仄聲要頓挫帶過。

七言每句讀成三個音節，抑揚頓挫，視詩情音調而變化，如朝發白帝城：

朝辭——白帝彩雲——間——

千里江陵——一日——還——

兩岸猿聲——啼不——住——
輕舟——已過萬里——山——

[19]

送孟浩然之廣陵 (七絕)

李白的作品。桃園詩社陳瑞鳳先生用閩南語朗誦。

故人西辭黃鶴樓
煙花三月下揚州
孤帆遠影碧空盡，
惟見長江天際流。

[20]

滁州西澗 (七絕)

韋應物的作品。韋應物（西元七三六——八三〇）的詩，與王維
的風格相近，他的滁州西澗，也帶有濃厚的繪畫性。
　　由陳瑞鳳先生朗誦。

獨憐幽草澗邊生，上有黃鸝深樹鳴；
春潮帶雨晚來急，野渡無人舟自橫。

[21]

初春小雨 (七絕)

韓愈的作品。韓愈（西元七六八——八二四）的詩與孟郊的詩風
相近，是中唐艱澀派的詩，他的初春小雨，却寫得流麗可愛。
　　由中壢黃坤楨先生用「客家調」吟唱。

初春小雨

韓愈詩
（客家調）

天街　　小雨　潤如酥，

草色遙看　近却　無。最是一年

春好　處，絕勝煙柳滿皇　都。

[22]

江南逢李龜年 (七絕)

　　杜甫的作品。杜甫（西元七一二——七七〇）的絕句一百多首，別具風格，這首採用「三一格」的手法，前三句寫盛景，末一句寫衰景，而景中有情，作了強烈的對比。由天籟詩社莫月娥女士朗誦。

江南逢李龜年

杜甫詩

岐王宅裏尋常見，崔九堂前幾度聞；正是江南好風景，落花時節又逢君。

[23]

夜雨寄北 (七絕)

　　李商隱的作品。李商隱（西元八一三——八五八）是晚唐的重要詩家，他的詩，辭藻優美，但晦澀難懂，元好問論詩曾云：「詩家總愛西崑好，獨恨無人作鄭箋。」這首夜雨寄北，是寄給他妻子的詩，詩意却很明快。

　　由莫月娥女士朗誦。

夜雨寄北

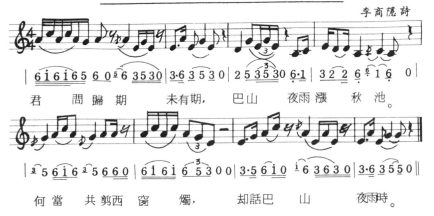

李商隱 詩

君問歸期　　未有期，　巴山　夜雨漲　秋池。

何當　共剪西窗　燭，　　却話巴　山　夜雨時。

[24]

隴　西　行（七絕）

　　陳陶的作品。朱益勤先生朗誦，朱先生爲江西人，採用平實的朗
誦法，樸質而有韻致。

　　　　誓掃匈奴不顧身，五千貂錦喪胡塵；
　　　　可憐無定河邊骨，猶是春閨夢裏人。

[25]　　　　　　　清　　明（七絕）

　　杜牧的作品。新埔吟社朱益勤先生朗誦。
　　　　清明時節雨紛紛，路上行人欲斷魂；
　　　　借問酒家何處有？牧童遙指杏花村。

CD 2

② 律　詩

[1]　　　　送　友　人（五律）

　　李白的作品。這是一首送別的詩，以浮雲的難有定所，比喻遊子的情意；以落日的難以挽留，比喻友人的別情，語眞意切，成爲千古的名唱。由劉太希教授朗誦。

　　　　青山橫北郭，白水遶東城。此地一爲別，孤蓬萬里征。
　　　　浮雲游子意，落日故人情。揮手自茲去，蕭蕭班馬鳴。

[2]　　　　過　故　人　莊（五律）

　　孟浩然的作品。這是一首很美的田園詩，樸質中帶有眞摯之情，老朋友準備了田家飯相約，孟浩然欣然前往，寫村景，朋友對酌，並以重陽爲約，使人體會農家人情味的濃厚。由師大南廬吟社朗誦隊用「福建調」吟唱。

　　　　故人具鷄黍，邀我至田家，綠樹村邊合，青山郭外斜。
　　　　開軒面場圃，把酒話桑麻；待到重陽日，還來就菊花。

[3]　　　　月　　　夜（五律）

　　天寶十五載（西元七五六）的夏天，杜甫把家人安置在鄜州，聞肅宗在靈武卽位，隻身奔往靈武，半途被安祿山的軍隊所阻，折往長安，那年秋天，他對月思家，寫下「月夜」。
　　由中壢吟社黃坤楨先生用客家語朗誦。

— 37 —

月　夜

杜甫詩

```
|3 5 5 3 3 2 ⁱ6ˊ 6 0|1 2ⁱ 2 1 6 3 2 ³ 6 6 1 1|1 0 2 1 2 3 ⁱ2 1|
今夜 鄜 州  月，閨中   只獨    看。遙憐
```

```
|6 ⁲1 6 ⁱ6 6 0|4ˊ3 4ˊ3 4ˊ3 1 2 1 6 1|² 3 5 5 3 3 2²3 5 3 5 3 2  1|
小兒    女，   未解憶長 安。香霧 雲 鬟
```

```
|ⁱ6 0 1 2 3 ⁱ2 1 2ⁱ·6 ⁱ6ˊ6 1|1 —|²1ⁱ 2 3 2ⁱ 6 0ⁱ6ˊ6 0|2 3 3 2 3 2 1 6 1 1‖
濕，清   輝    玉臂 寒。何 時倚  虛幌，雙照淚 痕 乾。
```

[4]

春　望 （五律）

　　肅宗至德二年（西元七五七），杜甫四十六歲，那年，他流落在長安，春天依舊來到，山河猶在，只是國破人亡，於是他感傷國事，表現了憂國憂民的情感，寫下「春望」。

　　由黃坤楨先生朗誦。

　　　　國破山河在，城春草木深。

　　　　感時花濺淚，恨別鳥驚心。

　　　　烽火連三月，家書抵萬金。

　　　　白頭搔更短，渾欲不勝簪。

　　其次由浙江省諸暨縣的章微穎教授用「浙江調」吟誦。

[5]

旅夜書懷 (五律)

在代宗永泰元年（西元七六五）五月，杜甫帶着家人離開成都的草堂，泛舟東下，到了雲安，今四川省雲陽縣，暫住下來，這首詩大概是經過重慶、忠縣一帶時所寫的，是杜甫晚期的作品。

由齊鐵恨教授朗誦，齊鐵恨教授今年八十四歲，北平人。這是他八十一歲時所做的錄音，蒼勁的音調，愈覺彌珍。

細草微風岸，危檣獨夜舟。
星垂平野闊，月湧大江流。
名豈文章著？官因老病休。
飄飄何所似？天地一沙鷗。

[6]

賦得古原草送別 (五律)

這是白居易十六歲所寫的詩，那年，他來到長安，拜見顧況，顧況看了他的名字，便開玩笑地說：「長安物價很貴，居大不易。」等他讀到白居易的「野火燒不盡，春風吹又生」詩句，便改口道：「有才如此，居天下也不難。」從此，白居易發揮野草堅韌的性格，終於成為中唐的大詩人。今由齊鐵恨教授朗誦。

離離原上草，一歲一枯榮。野火燒不盡，春風吹又生。
遠芳侵古道，晴翠接荒城。又送王孫去，萋萋滿別情。

[7]

淮上喜會梁川故人 (五律)

韋應物的作品。梁川，在今陝西南鄭縣東，韋應物早年曾客居於

— 39 —

此，十年後，遊於淮水之上，又遇梁川老友，故作此詩。由劉太希教授用「江西調」吟唱。劉太希教授，江西贛縣人，今年七十五歲。

　　江漢曾為客，相逢每醉還。浮雲一別後，流水十年間。

　　歡笑情如舊，蕭疏鬢已斑。何因北歸去？淮上對秋山。

[8]　　　　　古意呈補闕喬之 (七律)

　　沈佺期（西元六五○？——七一四）的作品。律詩經齊梁詩人的醞釀，到初唐四傑的墾拓，到沈佺期、宋之問的經營，在聲律上的建立，大致已成了定型。其後，經李白、杜甫的發揚光大，開創了唐詩律化的途徑，在中國詩史上寫下光輝的一頁。由潘重規教授朗誦。

[9]

黃 鶴 樓 (七律)

　　崔顥的作品。崔顥（西元七○四——七五四），盛唐詩人，據「唐才子傳」云，李白遊武昌，登黃鶴樓，原想題詩，看到崔顥的黃鶴樓，自嘆不如，因此擱筆。由雲林聯吟會謝清淵先生用閩南語朗誦。

　　　　昔人已乘黃鶴去，此地空餘黃鶴樓。
　　　　黃鶴一去不復返，白雲千載空悠悠。
　　　　晴川歷歷漢陽樹，芳草萋萋鸚鵡洲。
　　　　日暮鄉關何處是？煙波江上使人愁。

[10]　　　　　　登金陵鳳凰臺 (七律)

　　李白的作品。李白才高，也曾為崔顥的黃鶴樓而擱筆，後來李白到了金陵，登鳳凰臺時，總算吐了這口悶氣，但登金陵鳳凰臺這首詩，依然翻不出黃鶴樓的章法，你說是嗎？
　　由宜蘭仰山吟社賴仁壽先生用閩南語朗誦。

　　　　鳳凰臺上鳳凰遊，鳳去臺空江自流。
　　　　吳宮花草埋幽徑，晉代衣冠成古邱。
　　　　三山半落青天外，二水中分白鷺洲。
　　　　總為浮雲能蔽日，長安不見使人愁。

　　其次，由齊鐵恨教授朗誦的「登金陵鳳凰臺」。

[11]　　　　九日登望仙臺呈劉明府容 (七律)

　　崔曙的作品。這是一首投贈的詩，全詩有隱逸的念頭，近乎遊仙。
　　崔曙是盛唐詩人。

由賴仁壽先生用閩南語朗誦。

漢文皇帝有高臺，此日登臨曙色開。
三晉雲山皆北向；二陵風雨自東來。
關門令尹誰能識，河上仙翁去不回。
且欲近尋彭澤宰，陶然共醉菊花杯。

[12]　　　　積雨輞川莊作 (七律)

王維（西元六九九──七五九）是個早慧的詩人，他十五歲作「過秦王墓詩」，十七歲作「九月九日憶山東兄弟」，十八歲作「洛陽女兒行」，十九歲作「桃源行」，都是些膾炙人口的詩。

這是他晚年隱居在輞川莊的作品，寫景很美，蘇東坡批評他的詩和畫為：「詩中有畫，畫中有詩。」頗為中肯。由中壢吟社黃坤楨先生用「客家調」吟唱。

積雨空林煙火遲，蒸藜炊黍餉東菑。
漠漠水田飛白鷺，陰陰夏木囀黃鸝。
山中習靜觀朝槿，松下清齋折露葵。
野老與人爭席罷，海鷗何事更相疑。

[13]　　　　送魏萬之京 (七律)

李頎的作品。李頎是盛唐時的邊塞詩人，與王昌齡、劉方平等交往。

他的這首詩，勸魏萬到京都去，不要把長安視為是個行樂的地方，在別情中，含有警惕的成份。

由桃園陳瑞鳳先生用閩南語朗誦。

朝聞遊子唱離歌，昨夜微霜初渡河；

鴻雁不堪愁裏聽，雲山況是客中過。

關城曙色催寒近，御苑砧聲向晚多；

莫是長安行樂處，空令歲月易蹉跎。

詩歌朗誦，重在情韻，音調好壞，尚在其次，所以學者名流朗誦，多能陶醉在作品的情韻中，透過音調的抑揚緩急，流露出來。

[14] 　　　　聞官軍收河南河北 （七律）

杜甫的作品。代宗廣德元年（西元七六三）的春天，官軍平定了安史之亂，杜甫在四川，聽得這消息，欣喜欲狂，寫下此詩。

由陳泮藻教授朗誦。

劍外忽傳收薊北，初聞涕淚滿衣裳。

却看妻子愁何在？漫卷詩書喜欲狂。

白日放歌須縱酒，青春作伴好還鄉。

即從巴峽穿巫峽，便下襄陽向洛陽。

其次，由邱燮友教授用臺灣中部一般詩社常用的調子，吟唱杜甫的「聞官軍收河南河北」。

[15] 　　　　　蜀　　　相 （七律）

杜甫的作品。杜工部的詩千錘百鍊，句句堪傳，他的七律，不僅是「晚節漸於詩律細」，而且在神韻和性靈的表現，尤為出色。

就從「蜀相」後四句來看，杜甫評諸葛亮的功業，實有無限的讚歎和感慨。

今由潘重規教授朗誦。

— 43 —

丞相祠堂何處尋？錦官城外柏森森。

映堦碧草自春色，隔葉黃鸝空好音。

三顧頻煩天下計，兩朝開濟老臣心。

出師未捷身先死，長使英雄淚滿襟。

其次，由程發軔教授朗誦的「蜀相」。程發軔教授，湖北大冶人，他用的便是「湖北調」。

丞相祠堂何處尋？錦官城外柏森森。

映堦碧草自春色，隔葉黃鸝空好音。

三顧頻煩天下計，兩朝開濟老臣心。

出師未捷身先死，長使英雄淚滿襟。

其次，由東明詩社林義德先生用「閩南調」吟唱的「蜀相」。

蜀　相

杜甫詩

丞相祠堂　何處尋，錦官　城外柏深　深。

映堦碧　草自春色，隔葉黃　空好　音。

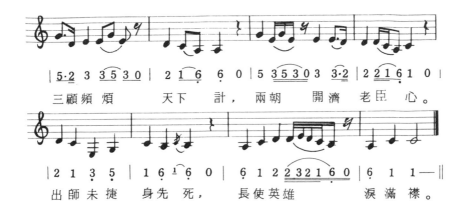

|5·2 3 35̲3̲5̲3̲0 | 2 1 6̣ 6̣ 0 | 5 35̲3̲5̲3̲0 3 3̲·2̲ | 2̲2̲1̲6̲1̲ 0 |

三 顧 頻 煩 　天 下 計，兩 朝 　開 濟 老 臣 　心。

|2 1 3 5̣ | 1 6̣ 1̲6̲0 | 6̣ 6̲1̲2̲ 2̲3̲2̲1̲6̲0 | 6̣ 1 1 — ‖

出 師 未 捷 　身 先 死，　長 使 英 雄 　淚 滿 襟。

[16]

詠懷古跡五首 (七律)

　　杜甫的「詠懷古跡五首」，是大曆元年（西元七六六）秋天在夔州所作的，與「秋興八首」、「諸將五首」，同爲傳唱千古的名篇。

　　這類朗誦資料最多，幾乎可以成爲專集，今各擇其中的精華爲代表。詩中所述的古跡，包括庾信故居、宋玉宅、明妃村、永安宮、先主廟和武侯祠。

　　一二兩首由姚翠慧同學用「江西調」吟唱，三首由天籟吟社莫月娥女士用「天籟調」吟唱。四、五兩首由林尹敎授朗誦。林尹敎授，浙江瑞安人，他用的便是「溫州調」。

一、庾信故居

庾信故居

杜甫詩
（江西調）

```
5·3 2 3 5 5 3 | 2·1 6 — | 2 3 2 1 6 5 6 1 | 1 2 - - - |
支 離東北風塵 際， 漂泊西南 天地 間。

1 2 2 1 6 5 6 2 | 2 1 6 1 6 6 - - | 6 3 2 1 6 5 5 6 | 6 1 - - - |
三峽 樓臺 淹日 月， 五溪 衣服 共雲 山。

5 5 3 2 3 5 5 3 | 2·1 6 - - | 2 3 2 1 6 5 6 1 | 1 2 - - - |
羯胡 事主終無 賴， 詞客哀時 且未 還。

1 2 2 1 6 5 6 2 | 2 1 6 1 6 6 - - | 6 3 2 1 6 5 5 6 | 6 1 - - - |
庾信平生 最蕭瑟， 暮年詩賦 動江 關。
```

二、宋玉宅

搖落深知宋玉悲，風流儒雅亦吾師。

悵望千秋一灑淚，蕭條異代不同時。

江山故宅空文藻，雲雨荒臺豈夢思？

最是楚宮俱泯滅，舟人指點到今疑！

— 46 —

三、明妃村

明　妃　村

杜甫詩
（天籟調）

```
| 6 16 16  33 1 6 3·5  5 6·5 35 | 2 33 5 66 5656 2 16 1 60 |
  群山   萬壑赴 荆 門，   生 長明妃      尚有村。

| 35 35 3·2 33 3   2 1·6 16 | 6 35 32 61 2 16 1 60 |
  一   去紫臺連 朔 漠，  獨留  青冢向黃昏。

| 3 5 61 6  61 6·5 6 16165 65 53 | 3·5 61 65 65 33 33 5 5 |
  畫圖省 識春 風    面，  環珮空歸  月夜 魂。

| 1 2 3  33 53 21 6 1 60 | 6 53 53 2 6·1 2 16 1 60 |
  千載琵琶  作胡語，  分明  怨恨曲中論。
```

四、永安宮

蜀主窺（征）吳幸三峽，崩年亦在永安宮。

翠華想像空山裏，玉殿虛無野寺中。

— 47 —

古廟杉松巢水鶴，歲時伏臘走村翁。
武侯祠屋常鄰近，一體君臣祭祀同。

五、先主廟和武侯祠

諸葛大名垂宇宙，宗臣遺像蕭清高。
三分割據紆籌策，萬古雲霄一羽毛。
伯仲之間見伊呂，指揮若定失蕭曹。
運移漢祚終難復，志決身殲軍務勞。

秋興八首（七律）

這是杜甫五十五歲的作品。

他流落在夔州，感歎羈旅飄零之苦，而心存故國之思，對長安的
景象和往事，一再的追思，因作「秋興八首」。

秋興八首，一貫而下，是聯章的詩，爲一般吟唱者所喜愛，今採
集粹方式，各詠兩首。

一二兩首由姚翠慧同學用國語吟唱，三四兩首由黃坤楨先生用客
家語朗誦，五六兩首由莫月娥女士用閩南語吟唱，七八兩首由戴君仁
教授用國語朗誦。

四人的曲調不同，却有異曲同工之妙。

　　　　一、

　　玉露凋傷楓樹林，巫山巫峽氣蕭森。

　　江間波浪兼天湧，塞上風雲接地陰。

　　叢菊兩開他日淚，孤舟一繫故園心。

　　寒衣處處催刀尺，白帝城高急暮砧。

　　　　二、

　　夔府孤城落日斜，每依北斗望京華。

　　聽猿實下三聲淚，奉使虛隨八月槎。

　　畫省香爐違伏枕，山樓粉堞隱悲笳。

　　請看石上藤蘿月，已映洲前蘆荻花。

　　　　三、

　　千家山郭靜朝暉，日日江樓坐翠微。

　　信宿漁人還汎汎，清秋燕子故飛飛。

匡衡抗疏功名薄，劉向傳經心事違。

同學少年多不賤，五陵衣馬自輕肥。

四、

聞道長安似奕棋，百年世事不勝悲。

王侯第宅皆新主，文武衣冠異昔時。

直北關山金鼓震，征西車馬羽書馳。

魚龍寂寞秋江冷，故國平居有所思。

五、

秋　興

杜甫詩
（天籟調）

蓬萊宮闕對南山，承露金莖霄漢間。

西望瑤池降王母，東來紫氣滿函關。

雲移雉尾開宮扇，日繞龍鱗識聖顏。

一臥滄江驚歲晚，幾回青瑣點朝班。

六、

瞿塘峽口曲江頭，萬里風煙接素秋。

花蕚夾城通御氣，芙蓉小苑入邊愁。

珠簾繡柱圍黃鵠，錦纜牙檣起白鷗。

回首可憐歌舞池，秦中自古帝王州。

七、

昆明池水漢時功、武帝旌旗在眼中。

織女機絲虛夜月，石鯨鱗甲動秋風。

波漂菰米沈雲黑，露冷蓮房墜粉紅。

關塞極天唯鳥道，江湖滿地一漁翁。

八、

昆吾御宿自逶迤，紫閣峯陰入渼陂。

香稻啄餘鸚鵡粒，碧梧棲老鳳凰枝。

佳人拾翠春相問，仙侶同舟晚更移。

綵筆昔曾干氣象，白頭吟望苦低垂。

[18] 長沙過賈誼宅 (七律)

劉長卿的作品。

劉長卿（西元七〇九——七八〇年）比杜甫大三歲、清閣若璩的潛丘剳記便把他列入盛唐詩人中，如從詩的風格而言，後人將他列入「大曆十才子」中，便視爲中唐詩人。

長沙過賈誼宅這首詩，雖借古事，道秋景，爲賈誼的際遇而悲哀，其實也是在自憐啊！

由戴培之教授朗誦。

三年謫宦此棲遲，萬古惟留楚客悲。

秋草獨尋人去後，寒林空見日斜時。

漢文有道恩猶薄，湘水無情弔豈知？

寂寂江山搖落處，憐君何事到天涯？

律詩的朗誦，比照絕句，在朗誦的規律上是相同的。

例如前四句讀成：

三年——謫宦此棲——遲——

萬古惟留——楚客——悲——

秋草獨尋——人去——後——

寒林——空見日斜——時——

後四句仿此，初學者不妨依此吟哦，熟練後也能自行吟唱，把詩中的情感讀出來。

文字的記錄只是平面的，空間的，透過朗誦，便成立體的，時空交合的了。其次，東明詩社林義德先生用閩南語朗誦此詩，可供比較。

空見 日斜 時。 漢文 有 道恩猶

薄， 湘 水無情 弔豈知？寂寂 江山

搖落處， 憐君 何事 到天 涯。

[19]

錦　　瑟 （七律）

李商隱的作品。

李義山詩集中，將「錦瑟」列在第一首，相當於詩集的「代序」。

這首詩的主旨在追憶往事，詩意隱曲，但辭藻音韻極美。

由陳沚藻教授朗誦。

　　錦瑟無端五十絃，一絃一柱思華年。

　　莊生曉夢迷蝴蝶，望帝春心託杜鵑。

滄海月明珠有淚，藍田日暖玉生煙。

此情可待成追憶，只是當時已惘然。

[20]　　　隋　　宮（七律）

李商隱的作品。

這是一首詠史詩，借隋宮感傷隋煬帝的亡國

由中壢詩社黃坤楨先生朗誦。

　　紫泉宮殿鎖煙霞，欲取蕪城作帝家。

　　玉璽無緣歸日角，錦帆應是到天涯。

　　於今腐草無螢火，終古垂楊有暮鴉。

　　地下若逢陳後主，豈宜重問後庭花。

[21]　　　無　　題（七律）

李商隱的無題詩便是「愛情詩」，由於情感太濃了，他用鮮明穠
郁的辭語來烘托，將豐富、繁雜、隱曲、矛盾的情感，融合在華麗、
莊嚴、整齊的律詩中，表現含蓄、神秘、圓潤，和諧的境界。

由邱燮友教授朗誦的「昨夜星辰昨夜風」。

　　昨夜星辰昨夜風，畫樓西畔桂堂東。

　　身無彩鳳雙飛翼，心有靈犀一點通。

　　隔座送鉤春酒暖，分曹射覆蠟燈紅。

　　嗟余聽鼓應官去，走馬蘭臺類轉蓬。

李商隱是晚唐的大家，他的代表作「無題詩」，寫得優美、含
蓄，細膩極了，對於愛情心理的描寫，更是入微入妙，一往情深。

今由汪中教授朗誦「昨夜星辰昨夜風」、「來是空言去絕踪」、
「颯颯東風細雨來」三首無題詩。

一、

昨夜星辰昨夜風，畫樓西畔桂堂東。

身無彩鳳雙飛翼，心有靈犀一點通。

隔座送鉤春酒暖，分曹射覆蠟燈紅。

嗟余聽鼓應官去，走馬蘭臺類轉蓬。

二、

來是空言去絕跡，月斜樓上五更鐘。

夢爲遠別啼難喚，書被催成墨未濃。

蠟照半籠金翡翠，麝熏微度繡芙蓉。

劉郎已恨蓬山遠，更隔蓬山一萬重。

三、

颯颯東風細雨來，芙蓉塘外有輕雷。

金蟾嚙鏁燒香入，玉虎牽絲汲井廻。

賈氏窺簾韓掾少，宓妃留枕魏王才。

春心莫共花爭發，一寸相思一寸灰。

[22] ## 第三部分：樂府詩朗誦說明

唐代國力強大，笙歌鼎盛。據唐人崔令欽「敎坊記」的記載，歌舞興盛。

光緒二十五年，「敦煌曲」的發現，知道唐人的民歌，除了發生在本土的民歌外，尚有大量胡歌樂曲的輸入。

唐人薛用弱的「集異記」，記敍王昌齡、高適、王之渙在旗亭酒會的吟唱故事，證明文人的絕句，也可以配以管絃，傳唱民間。

目　次

1. 長干行（五絕樂府）　崔　顥　師大國文系朗誦隊吟唱
2. 遊子吟（五古樂府）　孟　郊　師大國文系朗誦隊吟唱
3. 渭城曲（七絕樂府）　王　維　廖玉華小姐吟唱
4. 涼州詞（七絕樂府）　王　翰　許昭惠小姐吟唱
5. 清平調（七絕樂府）　李　白　莫月娥女士吟唱

長　干　行（五絕樂府）

　　崔顥的作品。崔顥（西元七〇四——七五四），盛唐詩人，他的長干行是仿造江南長干里的民歌，用男女贈答寫成的。唐人的小詩，本可吟唱，然長干行的曲調早已失傳，不可得聞。今採「宜蘭酒令」來吟唱，別有一番情趣。詩詞中的「小令」，便是從「酒令」演變來的。由師大國文系朗誦隊吟唱，陳淑惠小姐伴奏。

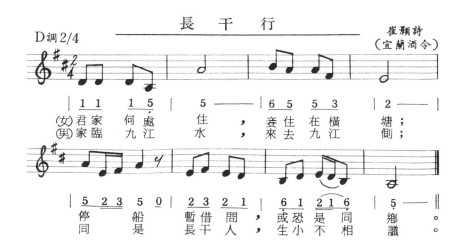

— 56 —

遊　子　吟（五古樂府）

　　孟郊的作品。孟郊（西元七五一──八一四）一生困窮。他的
詩，一向流於冷僻艱澀，跟賈島的詩，風格相近，有「孟寒賈瘦」之
稱。但這首遊子吟，卻十分樸質明暢。這是孟郊赴任溧陽縣尉時所
作，溧陽在今江蘇省宜興縣西。此詩頌揚母愛的偉大，為千古傳誦的
名篇。由師大國文系朗誦隊吟唱。

慈母手中線，遊子身上衣；

臨行密密縫，意恐遲遲歸。

誰言寸草心，報得三春暉？

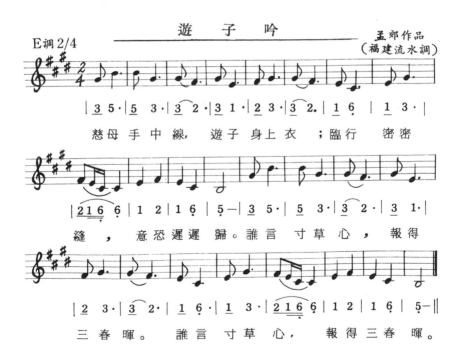

[24]

渭 城 曲（七絕樂府）

王維的作品。

一作「送元二使安西」。這是唐人的送別曲，又名「陽關三疊。」

今人送別，多奏「魂斷藍橋」；古人餞別，卻是「勸君盡酒」，別有情意。今由黃永熙先生作的曲，由同學朗讀，廖玉華小姐吟唱，陳淑惠小姐伴奏。造成更大的空間的感覺，雖然唐人的歌聲已渺，從今人的曲調中，仍可感受離別的情意。

[25]

涼 州 詞（七絶樂府）

　　王翰的作品，這是一首邊塞詩。今用朱永鎮先生作的曲，由白繼
尚、張英聲同學朗讀，莊神榮、王素卿同學伴奏，許昭惠同學吟唱。
朗讀者和吟唱者所站的距離拉開，造成廻旋遼闊的效果，烘托沙塞間
廣大、蒼涼的情調。

涼 州 詞

王翰作品
朱永鎮曲

|6·5 6̂16̂5 | 32 35̂6— | 2̂32̂1 6̂7 6̂5 | 4̂5 32 — |
葡萄美酒　夜　光杯，欲飲琵琶　馬上催；

|1·2 35 | 2̂3 16̂2 | 4·5 65 | 4̂5 32 — |
醉臥沙場　君莫笑，古來征戰　幾人囘。

|2̂·32̂32̂1 | 6̂16̂5 6— | 1̂·6 56 43 | 23 1̂7 6— |
葡萄美酒　夜　光　杯，欲飲琵琶　馬　上　催；

|1·2 35 | 6̂5 43 2— | 2̂·1 26 | 1̂·5 6— ||
醉臥沙場　君　莫　笑，古來征戰　幾人囘。

— 59 —

[26]

清 平 調（七絶樂府）

李白的作品。

這是三首聯章的詩，拿芍藥的美，來讚頌楊貴妃的嬌媚。

李白的詩，充滿了華采和智慧，清平調三闋，尤爲顯著。

今由天籟吟社莫月娥女士吟唱。

雲雨巫山　枉斷腸。　借問漢宮

誰　得似，　可憐　飛燕倚　新妝。

名花　傾國兩　相　歡，

常得君王　帶笑看。　解釋春風

無限恨，　沈香　亭北倚　欄干。

　　　唐詩瑰麗博大，冠冕百代，如今，唐人的詩聲已不可得聞，我們
製作了兩小時唐詩朗誦的錄音帶，包括學子的諷誦，現代曲的試唱，

民間詩社的吟唱，以及學者名流的美讀，與您共同探討唐詩聲律的華采。

　　這是一項團隊的合作，由

　　　　師大音樂系同學及廖幼霞、陳乃安等同學記譜；

　　　　陳淑惠小姐、王素卿、莊神榮同學伴奏；

　　　　黃玉、張英聲、韓桂英、鄺如丘、譚光鼎等同學旁白說明；

　　　　陳勝田教授音樂指導；

　　　　鄧鴻章先生技術指導。

謝謝您的聽賞，敬請批評，指教。

　　　　　　　　　　　　　　中華民國六十五年五月錄製

國家圖書館出版品預行編目資料

唐詩朗誦／邱燮友採編. －－初版二刷. －－臺北市；
東大，民90
面；　公分

ISBN 957-19-1530-0　（平裝）

850

網路書店位址　http://www.sanmin.com.tw

© 　唐　詩　朗　誦

採編者　邱燮友
發行人　劉仲文
著作財
產權人　東大圖書股份有限公司
　　　　臺北市復興北路三八六號
發行所　東大圖書股份有限公司
　　　　地址／臺北市復興北路三八六號
　　　　電話／二五○○六六○○
　　　　郵撥／○一○七一七五——○號
印刷所　東大圖書股份有限公司
門市部　復北店／臺北市復興北路三八六號
　　　　重南店／臺北市重慶南路一段六十一號
初版一刷　中華民國七十年一月
初版二刷　中華民國九十年九月
　編　　號　E 85001
　基本定價　玖元捌角
行政院新聞局登記證局版臺業字第○一九七號